¡EXTRA! ¡EXTRA!

Noticias del Bosque Escondido

¡EXTRA! ¡EXTRA!

Alma Flor Ada

ilustraciones de Leslie Tryon

Noticias del Bosque Escondido

ALFAGUARA

A mi nuera, Denise Zubizarreta,
y a mis nietos Timothy Paul, Samantha Rose y Victoria Anne.
Fue muy divertido conversar con ustedes sobre este libro, cuando era apenas un manuscrito.
Sus ideas me ayudaron mucho.
Y al pequeño Nicholas, por la alegría que todos recibimos de él.
A. F. A.

Para Alexandros y Liam, dos niños extra, extra especiales.
L. T.

· AGRADECIMIENTOS ·

Gracias a Alison Velea, por sus valiosos comentarios,
y a Kristy Raffensberger, ¡una verdadera hada convertida en editora!
Y mis agradecimientos a Silvia Matute, por acoger este libro en Alfaguara,
y a Isabel Mendoza, por sus ingeniosas sugerencias y su cuidado de la edición en español.

ALFAGUARA

Título original: *Extra! Extra! Fairy-Tale News from Hidden Forest*
© Del texto: 2007, Alma Flor Ada
© De las ilustraciones: 2007, Leslie Tryon
Todos los derechos reservados.
Publicado en español con la autorización de Simon & Schuster Children's Publishing Division, New York.

© De esta edición:
2007, Santillana USA Publishing Company, Inc.
2023 NW 84th Avenue
Miami, FL 33122, USA
www.santillanausa.com

Edición: Isabel Mendoza
Diseño: Debra Sfetsios y Krista Vossen

Alfaguara es un sello editorial del Grupo Santillana. Éstas son sus sedes:
ARGENTINA, BOLIVIA, CHILE, COLOMBIA, COSTA RICA, ECUADOR, EL SALVADOR, ESPAÑA, ESTADOS UNIDOS,
GUATEMALA, MÉXICO, PANAMÁ, PARAGUAY, PERÚ, PUERTO RICO, REPÚBLICA DOMINICANA, URUGUAY y VENEZUELA.

¡Extra! ¡Extra! Noticias del Bosque Escondido
ISBN-10: 1-59820-943-4
ISBN-13: 978-1-59820-943-3

Published in the United States of America
Printed in Colombia by D´vinni S.A.

15 14 13 12   3 4 5 6 7 8 9

Planta misteriosa causa alarma

PRADO OCULTO—Una enredadera enorme, parecida a una mata de frijoles pero alta hasta las nubes, creció de la noche a la mañana alarmando a los residentes de esta tranquila área del Bosque Escondido.

"No debemos permitir que esa cosa crezca más", expresó el Sr. McGregor, propietario de la Finca McGregor. "Esto no pinta nada bien. Los frijoles no crecen tanto."

Nadie sabe cómo apareció la planta ni por qué ha crecido tanto. "Es un verdadero peligro", dijo la Sra. Osa, que vive cerca al lugar donde brotó la planta. "Me he pasado el día cuidando a Osito, que se muere de ganas por trepar por aquellas ramas. ¿Se han dado cuenta que parece una escalera? ¡Quién sabe hasta dónde llegará! ¡Alguien podría matarse si se cae de ahí!"

"Esto no pinta nada bien. Los frijoles no crecen tanto."

Los vecinos más cercanos al frijol gigante, la Sra. Blanco y su hijo, Juan, no estaban en casa y no pudo pedírseles su opinión.

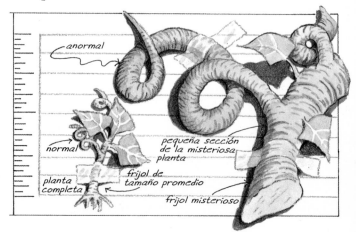

anormal

normal

planta completa

frijol de tamaño promedio

pequeña sección de la misteriosa planta

frijol misterioso

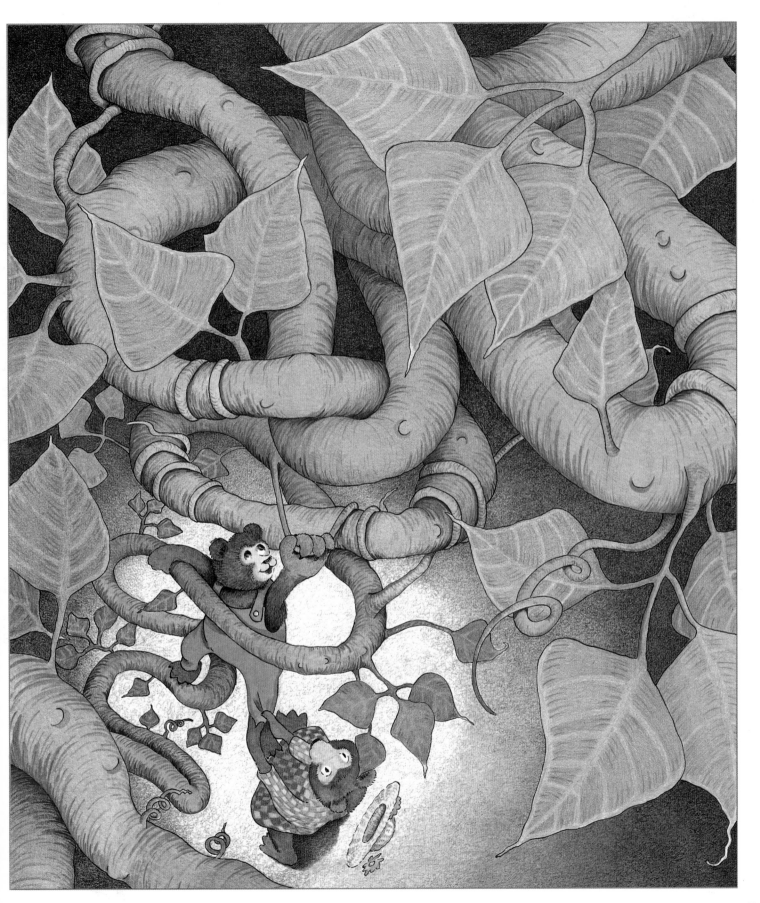

¡UNA AMENAZA CRECIENTE!

por L. Felino, alias "Sr. Gato"

Muchos vecinos del Bosque Escondido han pedido que se destruya la extraña planta que ha aparecido de manera misteriosa en Prado Oculto.

"Todo lo que es desconocido es peligroso", opinó el Sr. Lobucho Lobato, secundado por su primo, el Sr. Fer Oz, quien propuso que se corte la extraña planta de inmediato.

Otros temen que la cosecha que dé la enorme planta sea perjudicial para los agricultores de la zona. El Sr. McGregor resumió la preocupación del gremio: "Esta planta es competencia desleal. Ella sola puede producir más frijoles que todo mi campo".

Apoyamos la idea de deshacernos del peligro. Y que nuestra vida regrese a la normalidad. ¡Destruyamos la amenaza!

LA DIVERSIDAD ES RIQUEZA

por Gallina Picotina

Que algo sea nuevo y diferente no quiere decir necesariamente que sea malo. El mundo está lleno de maravillas por descubrir.

En este momento, Bosque Escondido tiene la oportunidad de explorar una nueva especie. Sabemos que hay muchas nuevas medicinas que pueden extraerse de las plantas. ¿Qué tal si esta planta tuviera la propiedad de curar alguna enfermedad? O, ¿podría la abundante cosecha de esta planta ser una solución para el hambre del mundo?

Nuestro planeta es rico en diversidad. No hay sólo una flor, sino muchas: rosas, violetas, claveles, lirios... No hay sólo un pez, sino muchos: desde tiburones hasta pececitos dorados. ¿Cuál es el problema en que haya otros tipos de frijoles?

Creo que debemos esperar e investigar más sobre esta planta antes de tomar una decisión final.

9

INTERNACIONAL

Aldea italiana preocupada por su querido juguetero

ITALIA—La famosa juguetería del Sr. Geppetto ha dado alegría a muchas generaciones de niños. El Sr. Geppetto, un artista de gran talento y habilidad manual, es conocido por sus títeres de madera, tallados con tanto realismo que parecen estar vivos.

El cierre de su juguetería ha causado gran preocupación. Desde el martes pasado, no se sabe nada del Sr. Geppetto. Los vecinos creen que el juguetero pudo haber ido en busca de Pinocho, uno de sus títeres, al cual cuida como si fuera su propio hijo. Pinocho salió rumbo a la escuela el lunes, pero no regresó a casa.

Los niños del pueblo han hecho una colecta para darle una recompensa a quien dé información sobre su querido juguetero y su títere.

Famoso pollo viaja a la capital mexicana

MÉXICO—El extraordinario Mediopollito, que nació en una granja en las afueras de Guadalajara, con sólo una pata, un ala y un ojo, acaba de emprender un viaje para conocer la Ciudad de México.

Nuestro corresponsal le preguntó por qué quería hacer tan largo viaje, y Mediopollito contestó: "Me han dicho que soy único. He oído decir que la Capital es única. Quiero ver en qué nos parecemos".

DEPORTES

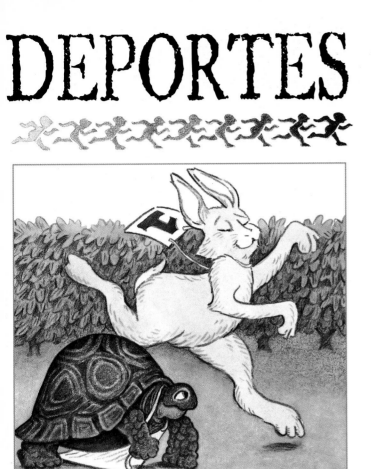

UNA CARRERA SIN IGUAL

Una sorprendente carrera entre Liebre y Tortuga tendrá lugar mañana. El *Diario del Bosque Escondido* ha hecho una encuesta, y la mayoría de nuestros entrevistados creen que Tortuga no tiene ninguna posibilidad de ganar esta desigual carrera. Sin embargo, algunos la apoyan porque, según dicen, es resistente e ingeniosa.

% encuestados	TORTUGA		LIEBRE	
100				
50				
0				
	ganará	no ganará	ganará	no ganará

ANUNCIOS

PIELES

Disfrute de la apariencia de
una piel lujosa, ¡ya mismo!

Parches   Orejas   Rabos

Trajes de piel de imitación
hechos sobre medidas

Mapache Veloz, Peletero
Camino del Bosque,
Bosque Escondido

GRANDES REBAJAS

Gran variedad de binoculares,
anteojos y telescopios

Precios de ocasión

Sr. Fer Oz
Torre Majestuosa
Sendero Oculto
Alturas del Monte

· ALBAÑILERÍA ·
DISEÑO DE JARDINES

Regálele a su vida una hermosa chimenea
¡Embellezca su casa!

- Hornos exteriores
- Caminos de ladrillo

Construcción
cuidadosa y
detallada

Cerdito Tercero, albañil

Casa de Ladrillos, Bosque Frondoso

Desaparición de un niño, relacionada con la planta misteriosa

Juan, con la vaca de la familia.

"Él ha sido siempre un buen chico", dijo la Sra. Blanco. "Sin embargo, el domingo pasado me dio un gran disgusto, porque cambió nuestra única vaca por un montón de frijoles. No quiero pensar que mi hijo haya trepado por esa planta, pero nunca antes había desaparecido por tanto tiempo. Estoy preocupadísima porque anoche no llegó a casa."

Los vecinos quieren que se corte la planta, pero la Sra. Blanco insiste en que no hay que tocarla. "No dejaré que nadie la corte", declaró. "Si mi hijo ha subido por la planta, la necesitará para poder regresar."

PRADO OCULTO—Juan, hijo único de la Sra. Blanco, fue visto por última vez junto al frijol gigante que brotó frente a la casa de los Blanco. Su desaparición parece estar relacionada con la enorme planta, que ha causado alarma entre los residentes del Bosque Escondido.

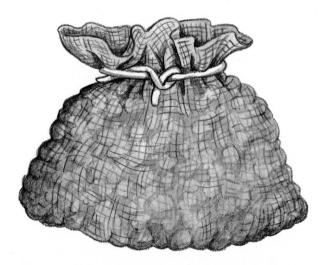

Los frijoles que Juan cambió por la vaca.

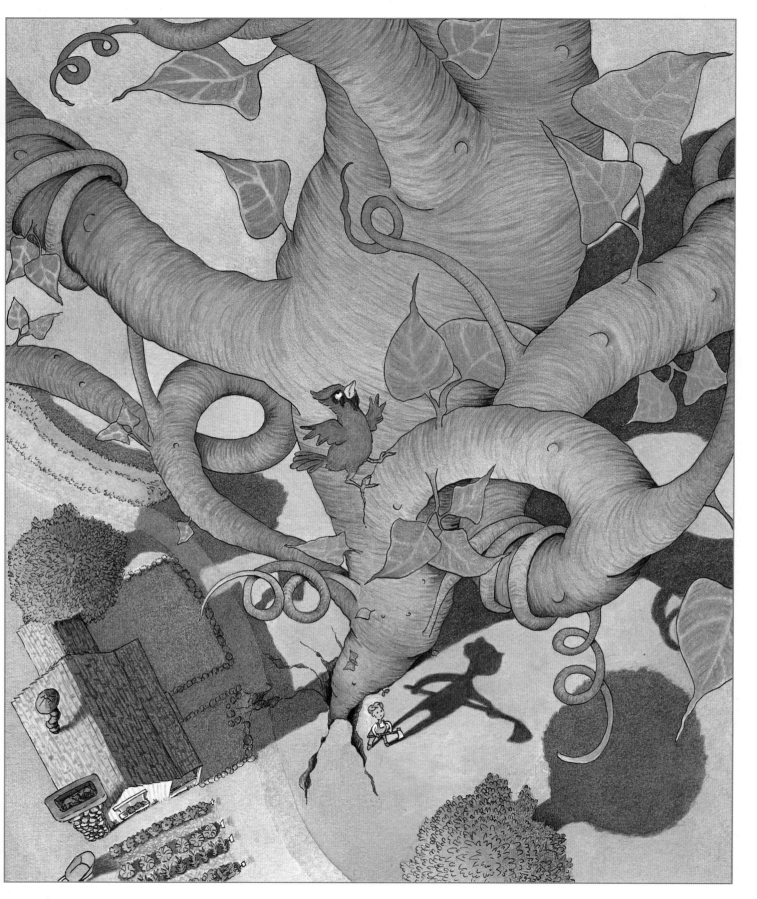

¡DESHÁGANSE DE ESA PELIGROSA PLANTA!

por L. Felino, alias "Sr. Gato"

Los vecinos del Bosque Escondido que han propuesto cortar la espantosa planta que ha invadido nuestra comunidad están convencidos de que es una verdadera amenaza. La desaparición del joven Juan Blanco es una prueba del peligro que representa ese frijol gigante.

"¿Qué le pasaría a nuestra comunidad si todos nuestros manjares treparan por esa enredadera?", alegó el Sr. Fer Oz. "¿Qué quedaría para el provecho de ciudadanos respetables, como yo?"

Buena pregunta. Puede que no pase mucho tiempo antes de que ciudadanos decididos como el Sr. Fer Oz y el Sr. Lobucho Lobato resuelvan cortar ellos mismos la planta invasora. ¿Cuántos jóvenes más tendrán que desaparecer antes de que reconozcamos el peligro? ¡Eliminemos la amenaza ahora mismo!

Están ocurriendo cosas malas. Todo por culpa de esa planta.

EDITORIAL

ES UN DEBATE SIN SENTIDO; TENEMOS QUE ESPERAR

por Gallina Picotina

El enorme frijol es algo admirable. Nos hace recordar a los gigantes que viven en nuestro planeta, muchos de ellos en lugares distantes, como las majestuosas secuoyas. En lugar de sentirnos amenazados por su gran tamaño, creo que deberíamos admirarlos. Después de todo, nosotros también debemos parecerles gigantes a otros seres vivos. Tenemos que vivir todos en armonía.

Hay además otra razón para no cortar el frijol. Una madre espera el regreso de su hijo. Desapareció hace unos días y ella cree que trepó por esa planta. ¿Cómo podemos eliminar el único medio que tiene para regresar a casa? ¡No podemos destruir esta feliz familia!

Se habla de organizar un equipo de búsqueda que escale la planta. Puede ser una misión peligrosa, pero hay que encontrar a Juan Blanco.

¿Dónde está Geppetto?

Regreso de Pinocho opacado por la ausencia de Geppetto

ITALIA—El títere Pinocho, que estuvo extraviado por varios días, regresó ayer a su casa, pero la encontró vacía. Por una nota que dejó el Sr. Geppetto se sabe que el juguetero planeaba construir una balsa para salir a buscar a su querido hijo.

Nuestro corresponsal vio a Pinocho observando el océano desde un alto risco. "Pobre padre. ¡Lo encontraré!", fue lo único que dijo.

La suerte incierta del Sr. Geppetto tiene preocupados a muchos niños, que han encendido velas en sus ventanas como un mensaje de esperanza.

Mediopollito sólo se detiene para mostrar su generosidad

MÉXICO—El reportero que cubre el viaje de Mediopollito a la Ciudad de México informa que Mediopollito no es sólo único sino también bondadoso. Aunque está decidido a terminar su viaje y no se detiene ni para visitar lugares de interés ni para divertirse, sí ha hecho varias paradas para ayudar a Viento, Fuego y Agua. Ellos, seguramente, no lo olvidarán.

VIENTO	FUEGO	AGUA

DEPORTES

Sorprendente resultado en la carrera de ayer

Para sorpresa de la mayoría de los observadores, no fue la favorita, Liebre, quien ganó la carrera de ayer, ¡sino la resistente e ingeniosa Tortuga!

Agricultura cooperativa

Unámonos para establecer una Cooperativa Agrícola y un Mercado Campesino. Trabajando unidos obtendremos mejores resultados.

ANUNCIOS

Clases de cocina

Recetas para chuparse los dedos

• • •

ESPECIALIDAD: POLLO

¡Un banquete en cada clase!
Nosotros ponemos las instrucciones.
Ustedes ponen los ingredientes.

———

Lobucho Lobato
Alameda del Cubil, Robledal

EXTRA
EXTRA
EXTRA
Diario del Bosque
Escondido
EXTRA
Internacional
EDICIÓN
Geppetto el juguetero
hijo Pinocho
unidos dentro de
ballena
encontró al Sr.
juguetero que
aldea cercana para que los
Informa que tanto el padre como
estaban felicísimos de
haber sobrevivido y
mencionaron que se
habían encontrado en
las entrañas de una
enorme ballena. Esta
sorprendente historia no ha
confirmada por nuestro reportero, que
llegó a la aldea cuando ya el Sr. Geppetto
habían partido para su casa.
se conocen historias de
por

EDICIÓN EXTRAORDINARIA

Geppetto el juguetero y su hijo Pinocho reunidos dentro de una ballena

ITALIA—Un pescador encontró al Sr. Geppetto, el juguetero que llevaba varios días desaparecido, y a su hijo, Pinocho, tendidos exhaustos en una playa junto a los restos de una balsa artesanal. El pescador los llevó a una aldea cercana para que los atendieran. Informa que tanto el padre como el hijo estaban felicísimos de haber sobrevivido y mencionaron que se habían encontrado en las entrañas de una enorme ballena. Esta

sorprendente historia no ha podido ser confirmada por nuestro reportero, que llegó a la aldea cuando ya el Sr. Geppetto y Pinocho habían partido para su casa.

Aunque se conocen historias de personas que han sido tragadas por ballenas, en realidad estos animales no acostumbran a atacar ni a los barcos ni a los seres humanos.

MEDIOPOLLITO, EN UN TERRIBLE APRIETO

MÉXICO—El reportero que ha estado cubriendo el viaje de Mediopollito, vio desaparecer a este extraordinario pollo por la puerta trasera del palacio del Virrey. Poco después, el reportero vio por la ventana de la cocina al cocinero a punto de arrojar a Mediopollito a un caldero lleno de agua hirviendo.

El reportero trató de entrar al palacio pero los guardias del Virrey se lo impidieron.

Éste podría ser un final terrible para un pollo tan valiente y generoso.

DIARIO DEL BOSQUE ESCONDIDO

VOLUMEN 203 No. 4   9 DE MARZO

TERMINA EL TEMOR EN EL BOSQUE ESCONDIDO
El gigante regresa a las nubes

PRADO OCULTO—Por fin se cortó la planta que ha traído tanta preocupación a esta comunidad, y el chico que estaba desaparecido ha regresado al seno de su familia.

La semana pasada brotó aquí una gigantesca planta de frijoles. Nadie parecía saber de dónde había salido. Los habitantes del Bosque Escondido estuvieron divididos por las opiniones sobre lo que debía hacerse con ella. Pero, a pesar de que muchos querían cortarla, la Sra. Blanco, de Prado Oculto, logró proteger la planta. Ella sospechaba que su hijo Juan había trepado por la planta y quiso asegurarse de que tuviera un medio para regresar.

Después de pasarse dos días y dos noches junto a la planta, armada con un hacha para impedir que alguien la cortara, la Sra. Blanco recibió su recompensa: su hijo Juan por fin bajó por las ramas. Estaba muy asustado y dijo gritando que un gigante lo venía persiguiendo, así que la Sra. Blanco se apresuró a cortar la planta.

La Sra. Blanco afirma que vio la cabeza del gigante entre las nubes y que lo oyó dar grandes gritos. Puesto que en ese momento se iniciaba una tormenta, algunos vecinos prefieren creer que todo lo que ella vio y oyó fueron relámpagos y truenos. Posiblemente nunca sabremos la verdad de este misterio, pero nos unimos a los habitantes del Bosque Escondido para darle la bienvenida a Juan.

¡POR FIN LIBRES DE LA AMENAZA!

por L. Felino, alias "Sr. Gato"

Por fin nos vemos libres de la amenaza que había quebrantado la paz del Bosque Escondido. El gigante al que la Sra. Blanco oyó gritar entre las nubes es la prueba final de que nunca debió haberse permitido que esa planta estuviera en pie ni un solo día.

¡Imagínense cuánta destrucción podría haberse producido si el gigante hubiera bajado y hubiera desatado toda su fuerza!

Debemos aprender de todo esto. Me han informado que algunos vecinos recolectaron frijoles de esa peligrosa planta. ¡Los exhorto a que no los siembren!

L. Felino, alias "Sr. Gato"

ESPERAMOS Y NOS ENTERAMOS

por Gallina Picotina

La violencia y la destrucción no son maneras sensatas de solucionar los problemas. Un ataque injustificado puede causar mucho dolor. La Sra. Blanco nos enseñó una gran lección al insistir en proteger la planta. Si hubieran cortado

Gallina Picotina

el frijol, como algunos individuos insensatos proponían, su hijo Juan habría desaparecido para siempre.

En cambio, Juan está ahora con su madre y le ha traído un gran regalo a la comunidad.

Es una pena que al final hubiera habido que cortar la enredadera majestuosa porque todos le temíamos al gigante. Pero, como había alcanzado pleno desarrollo, y se han conservado sus frijoles, se está planeando iniciar un cultivo que puede convertirse en el futuro en una gran fuente de alimento para los necesitados.

Primera veleta sobre la torre del palacio del Virrey en la Ciudad de México

MÉXICO—La generosidad recibió su justa recompensa. Mediopollito, cuyo viaje a la capital de México ha sido cubierto por uno de nuestros reporteros, se libró de un terrible final. Cuando el cocinero del Virrey arrojó a Mediopollito a un caldero de agua que hervía sobre el fuego, Agua y Fuego recordaron la generosidad del extraño animal y acudieron a su rescate. Agua salpicó a Fuego, y éste se dejó extinguir. El cocinero, decepcionado, arrojó a Mediopollito por la ventana, y entonces

Viento lo levantó y lo colocó sobre la torre más alta del palacio. Desde allí, este pollito único tendrá la mejor vista de la Capital y gozará de la compañía de su amigo, Viento.

PINOCHO Y GEPPETTO REGRESAN A CASA EN MEDIO DE OVACIONES

ITALIA—El juguetero Geppetto ha regresado a casa convertido en un hombre muy feliz. Llegó acompañado de Pinocho, un títere de madera que él mismo talló y al cual ha cuidado como a un hijo. Pinocho parece haber sufrido una transformación extraordinaria: ¡ahora es un niño de carne y hueso! Tanto padre como hijo estaban demasiado cansados para hacer declaraciones extensas sobre su aventura.

"Sólo puedo decir que nos alegramos de estar en casa", dijo el Sr. Geppetto.

"Nuestra mayor alegría es estar juntos", añadió Pinocho.

Los niños de la aldea están planeando una gran celebración en honor al Sr. Geppetto y a Pinocho.

HABLA JUAN

Entrevista exclusiva con Juan sobre su aventura con el frijol gigante

por Bonita Orejaslargas

Srta. Orejaslargas: Juan, viviste una experiencia increíble. ¿Nos podrías, por favor, hablar de tu aventura con la planta gigante? ¿Cuándo fue la primera vez que la viste?

Juan: Al día siguiente de que cambié una vaca que teníamos por unos frijoles mágicos.

Srta. Orejaslargas: ¿Cambiaste una vaca por frijoles? ¿Por qué?

Juan: Nuestra vida ha sido difícil desde que murió mi padre. Sólo nos quedaba una vaca y no teníamos dinero para comprar comida. Así que mi madre me mandó al mercado a vender la vaca.

Srta. Orejaslargas: Y, ¿qué pasó?

Juan: Me encontré con un viejecito de lo más interesante. Me aseguró que haría una fortuna si le cambiaba la vaca por unos frijoles mágicos.

Srta. Orejaslargas: ¿Una fortuna? Ya veo. Y, ¿entonces?

Juan: Mi madre se enfadó conmigo y tiró los frijoles mágicos por la ventana. Uno de ellos retoñó y se convirtió en la planta gigante.

Srta. Orejaslargas: ¿Y la fortuna...?

Juan: Tuve una aventura difícil. Pero pude traer a casa una gansa que pone huevos de oro. Mi madre y yo hemos decidido donar la gansa a la comunidad. Esperamos que ponga suficientes huevos de oro para que podamos construir un centro comunitario.

Srta. Orejaslargas: ¡Qué generoso! Los habitantes del Bosque Escondido estarán muy agradecidos. Te debe dar mucha alegría.

Juan: Más alegría me da pensar en las cosechas que pueden salir de los frijoles que acabo de plantar.

Srta. Orejaslargas: Muchas gracias, Juan. Te deseo mucha suerte.

Juan: Adiós, Srta. Orejaslargas. Mis mejores deseos a todos sus lectores.

...y se convirtió en la planta GIGANTE.

ANUNCIO

CAMPAMENTO DE VERANO PARA NIÑOS

UN SÓLO SENTIDO →

¡Experiencias de una sola vez en la vida!
¡Aventuras que no volverán a repetirse!
Confíenos sus niños.
¡Nunca volverán a ser los mismos!

Sr. Fer Oz y Sr. Lobucho Lobato
Directores

Torre Majestuosa
Sendero Oculto
Alturas del Monte

CONCURSO DE POESÍA

Gracias a todos los lectores que participaron en el concurso.

POEMA GANADOR:

El *Diario del Bosque Escondido*
Buscamos noticias, noche y día
reportamos la pena y la alegría.
Damos información,
hallamos lo perdido.
¡Somos el *Diario del Bosque Escondido*!

No es necesario que haya un concurso para que envíes tus contribuciones al *Diario del Bosque Escondido*. ¡Éste es tu periódico!
¡Tus palabras serán siempre bienvenidas!

DIARIO DEL BOSQUE ESCONDIDO

Directora y Editora General: *Abuela Rosa Granate*
Editor Internacional: *Papá Oso*
Experto en jardinería: *Sr. McGregor*
Montaje, Diseño y Clasificados: *Gallinita Roja*
Fotografía: *Caperucita Roja*
Imprenta: *Cerdito Primero y Cerdito Segundo*
Columnistas: *L. Felino y Gallina Picotina*
Asistente de Imprenta: *Osito*
Distribución y entrega: *Pedrín Conejo*
Mensajeros: *Pollitos de Gallinita Roja*